UM
ANO DE
HISTÓRIAS

CB021253

EMILIO GAROFALO
SOBLENATUXISTO

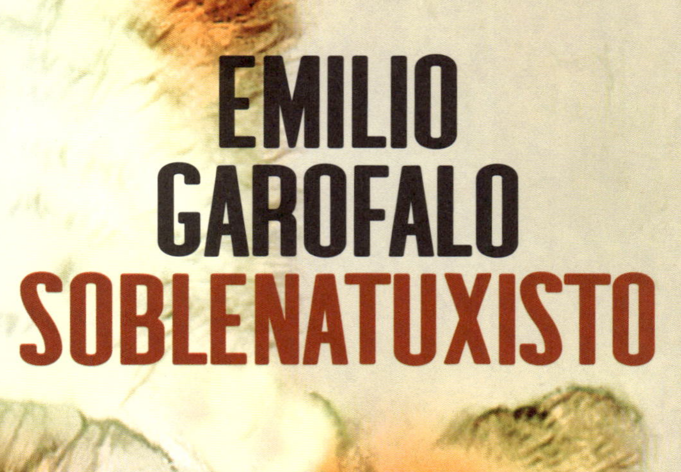

Thomas Nelson Brasil
Pilgrim

APRESENTAÇÃO DA COLEÇÃO

Este é um livro de meu projeto "Um ano de histórias". Há anos tenho encorajado cristãos a lerem e a produzirem histórias de ficção. O prazer de ler e escrever ficção é algo que está em meu peito desde a infância. Falo muito sobre o assunto num artigo disponível online chamado "Ler ficção é bom para pastor".[1] Nele, conto um pouco de minha história como leitor, bem como argumento acerca da importância de cristãos consumirem boa ficção.

É claro, para que haja boa ficção, alguém tem de escrevê-la. Tenho desafiado várias

---

1 *Disponível em: http://monergismo.com/novo/livros/ler-ficcao-e-bom-para-pastor/*

pessoas a tentar a mão na escrita e, para minha alegria, alguns têm aceitado e produzido material de ótima qualidade. E aqui estou também, dando o texto e a cara a tapa. Este projeto é minha tentativa de contribuir com boas histórias. O desafio seria trazer ao público um ano inteirinho de histórias, lançando ao menos uma por mês ao longo do ano de 2021. No final das contas, são 14 livros. Há, é claro, muitas outras histórias ainda por desenvolver, sementes por regar.

As histórias do projeto podem ser lidas em qualquer ordem. Vale notar, entretanto, que embora não haja uma sequência necessária de leituras, elas se passam no mesmo universo literário. Não será incomum encontrar referências e mesmo personagens de um livro em outro. De qualquer forma, deixo aqui minha sugestão de leitura para você, caro leitor, que está prestes a se aventurar nesse um ano de histórias:

> Então se verão
> O peso das coisas
> Enquanto houver batalhas
> Lá onde o coração faz a curva
> A hora de parar de chorar
> Soblenatuxisto
> Voando para Leste
> Vulcão pura lava
> O que se passou na montanha
> Esfirras de outro mundo
> Aquilo que paira no ar
> Frankencity
> Sem nem se despedir e outras histórias
> Pode ser que eu morra hoje

Tentei ainda me aventurar por diversos gêneros literários. De romances de formação à literatura epistolar, passando por histórias de amor, *soft sci-fi*, fantasia e até reportagens. Ainda há muitos gêneros a serem explorados. Quem sabe em outro projeto. Se as histórias ficaram boas, só o leitor poderá dizer. De qualquer forma, agradeço imensamente pela sua disposição em lê-las.

SOBLENATUXISTO

S*hih-tzus* com poderes sobrenaturais? Como assim? O que está acontecendo? Será possível passar de olhos secos por uma história cheia de fofura e assombro?

C. S. Lewis certa vez, escrevendo em defesa da fantasia, afirmou que o leitor "... não passa a desprezar florestas reais pois leu acerca de florestas encantadas; a leitura faz com que todas as florestas pareçam um pouco mais encantadas". Esse é o anseio. Que ao ler sobre cachorros encantados, o leitor encontre encanto nos animais ao seu redor. Espero que depois de ler, você faça um afago especial em seu cachorro, gato, calopsita...

Esta história fez sua estreia quando eu a li para o público do Fórum Althusius, em Recife, no saudoso ano de 2019. Foi um prazer ter um público tão atento e caridoso para com minha voz trêmula marcada pelas lágrimas que rolaram facilmente.

SOB
TUX

Hora de colocar as duas filhas para dormir. O pai está bem cansado do dia na agência de publicidade. Problemas na campanha para a marca de motocicletas. É um baita alívio poder descansar depois de reuniões sem fim.

A mais velha das meninas, Ana Júlia, oito anos, quer discutir possíveis presentes de Natal. A mais nova, Juliana, três anos, quer história. Estritamente falando, não seria mais necessário colocar as meninas na cama, ainda mais com a mais velha já bem crescidinha. É mais pelo hábito e pelo deleite envolvidos nisso.

O pai gosta de fomentar conversas entre as duas. Estabelecer laços que ajudem a superar um pouco os elos rompidos pela perda precoce do irmão do meio poucos meses antes. Além disso, ele vem usando as conversas da hora de dormir para testar ideias de presente para o Natal. Por enquanto uma bicicleta nova (rosa, com cestinha, garrafinha e buzina) parece estar à frente para a mais velha. A mais nova oscila entre as opções seis a sete vezes por dia (de kits de *slime* a uma viagem a um hotel-fazenda). O assunto estava no tal presente, mas era hora de história, e Juliana, a mais nova, interrompeu o assunto um tanto apressada:

"Pai, conta uma história, mas não curtinha que nem ontem. Foi pequena, teve só duas páginas."

Juliana tinha essa mania. Media o tamanho da história recém-inventada por meio de supor quantas páginas teria tido se impressa.

Claro, ela com seus poucos anos não tinha a menor ideia dessa medida. Só falava um número pequeno se achava a história pequena, e pronto. Geralmente era uma forma de tentar ganhar uns minutinhos a mais acordada. Quase sempre funcionava.

"Está bem, filha. Pelo menos cinco páginas de história. Querem história de que hoje, meninas?"

A mais nova foi mais rápida: "Super-herói. Da Mulher-Gato".

"Está bem!", respondeu o pai, e seguiu com voz misteriosa: "A Mulher-Gato, a serelepe gatuna da noite, tem os seguintes poderes: garras superafiadas; é muito veloz e silenciosa; boa de luta; pula muito alto. Vamos à história. Um dia a Mulher-Gato foi lutar com um bandido vestido de unicórnio e..."

A mais velha, Ana Júlia, interrompeu: "Pai, a Mulher-Gato é do mal".

"Nem sempre filha. Ela já foi do mal, mas também já ajudou o Batman. Ela foi do mal depois passou para o bem. Acontece."

Ana Júlia não se deu por vencida. Aliás, se tem uma coisa que essa menina puxou da mãe é a tenacidade.

"Como você sabe, pai? Ela nem existe."

"Verdade, mas no mundo que não existe ela fez isso."

Julianinha, por sua vez, cansou da conversa que não avançava e retornou ao assunto do presente. Não estava interessada na metafísica das histórias; alternava entre tópicos tão rapidamente como o clima de sua Brasília.

"Papai, e o Natal?"

O pai, querendo se livrar da situação da heroína-vilã, logo topou o novo rumo.

"Diga, filha, o que você quer? Todo dia muda, né? Quer aquela boneca que grita?"

"Já falei. *Quelo* bichinho. Quelo *soblenatuxisto*. Não *quelo xisto nolmal*."

Era o que o pai temia.

"Mas, Julianinha... o *shih-tzu* normal é tão legal! Eles são cachorrinhos tão fofos! Tem várias cores, são os mais mansinhos..."

A voz da pequena começou a tremer com o início de choro.

"*Soblenatuxisto*! Não adianta o *nolmal*." Fez a carinha maravilhosamente emburrada dela.

"Filha, sobrenatu-shih-tzus são muito caros."

"Mas eu *quelo xisto* mágico. É certo deixar a criança triste, pai? É?"

O drama familiar seguiu até bem próximo do Natal. O pai havia prometido um filhote canino ou felino para as meninas. Até aí, tudo bem. A mãe não se opusera, embora preferisse investir num aquário de água salgada. Mas a caçula, saudosa do irmão Júlio César, sentia-se muito sozinha, e todo mundo estava com dó dela. A Ana Júlia era boa companhia, contudo estava mais interessada nas colegas de classe. O irmão do meio, companheiro de brincadeiras, havia falecido num trágico acidente envolvendo o portão da garagem. Um dia o Júlio César estava lá, e no outro não estava. Todos ainda sofriam. A mais novinha não conseguia compreender. Falavam sobre ele estar no céu, e ela ficava olhando para cima quando estava sozinha. Ou quando achava que ninguém estava vendo. O pai a pegou um dia falando como se o irmão pudesse ouvir. Ela dizia que estava sentindo falta das brincadeiras deles. Queria brincar de tubarão maluco com ele de novo. Isso partiu o coração do pai. E pai com dó é um perigo. Compra até cachorro mágico a prazo.

~

Sobrenatu-shih-tzus foram notados pela primeira vez logo após a Copa de 2010, com

o mundo ainda vivendo a boa lembrança dos dias de torneio. No começo, como em geral é com essas situações, as pessoas simplesmente assumiram que estavam vendo coisas ou se lembrando errado dos fatos. Quando pratos de comida vazios apareciam cheios, coleiras sumiam, enfermidades saravam misteriosamente e cães da raça *shih-tzu* pareciam escapar de cômodos nos quais haviam sido colocados, as pessoas naturalmente assumiram se tratar de alguma confusão ou esquecimento. A alternativa seria impressionante demais.

Chegou um ponto, entretanto, e foi em Brasília (DF), em que ficou claro para todo o planeta que havia algo sobrenatural ocorrendo. Obviamente, céticos sempre existiram e sempre existirão, porém a vasta maioria da população da Terra veio a aceitar a existência dos sobrenatu-shih-tzus. A tal ocasião que causou furor mundial foi após um incêndio numa residência da região nobre chamada Lago Sul. A casa de dois andares pegou fogo rapidamente enquanto a família estava fora, para uma noite de comida japonesa. As chamas devoraram tudo em cerca de uma hora. Ao chegarem, os familiares ficaram consternados com a perda dos bens e arrasados com a suposta perda das vidas dos quatro *shih-tzus*: John, Paul, George e Ringo. A surpresa foi geral ao verem os quatro, que tinham ficado trancados dentro de casa, alegremente aparecerem abanando os respectivos rabos peludos no quintal, cada um portando seu brinquedo favorito e um deles com a coleira na boca pedindo para passear.

Para espanto geral, ao examinarem as filmagens do interior e exterior da casa, armazenadas remotamente numa firma de segurança, ficou evidente que dois dos quatro cães simplesmente se teleportaram da sala em chamas para o quintal. Um já estava no quintal (como evidenciado pela câmera localizada junto à piscina) no momento em que o incêndio começou, e calmamente se teleportou para dentro de um quarto no andar de cima para pegar um brinquedo (Virgílio, o sapo de pelúcia) antes de ir para fora novamente. O quarto *shih-tzu*, George Harrison, meramente dormiu de barriga para cima durante todo o agito. Nem mesmo com as chamas chegando perto dele houve reação. Quando ficou quente demais, desapareceu e reapareceu no quintal, ainda de barriga para cima. Os bracinhos pareciam de fato estar em posição de tocar uma guitarrinha e fazê-la gentilmente chorar.[1]

---

1 *Referência à música While my guitar gently weeps [Enquanto minha guitarra chora gentilmente], composição do homônimo mais famoso do shih tzu, George, o beatle George Harrison, que (ao menos pelo que sabemos) não tinha nenhum poder especial (N. do E.).*

O vídeo logo se tornou viral. Tentaram toda sorte de explicação. Mas, para cada especialista em imagem ou trucagem que aparecia, um novo feito sobrenatural realizado por *shih-tzu* acontecia. Logo se notou um alastramento geográfico desse fenômeno curioso. Não era apenas em Brasília. Em Montevidéu, um grupo de *shih-tzus* começou a ir todo final de tarde brincar na praça Zabala. Saíam de suas casas sem usar a porta, apareciam na praça, brincavam e voltavam para casa em perfeita segurança e plenitude canina. Logo o fenômeno se repetiu em Buenos Aires, Quito e outras capitais da América do Sul. E sempre nas capitais. Não há registros de ações de sobrenatu-shih-tzus em cidades que não sejam capitais nacionais. Mesmo quando um dos cães com poderes é levado para outra cidade, os poderes ou somem, ou não se manifestam. Em menos de um mês, o fenômeno já se espalhara pelo Caribe e pelas Américas Central e do Norte. Por alguma razão em Willemstad, Curaçao, o percentual de *shih-tzus* com poderes se tornou o mais elevado do globo. Era uma coisa de louco o que eles aprontavam em Otrobanda.[2] Mais alguns meses e eles já engraçavam Oriente, de Kathmandu passando por Seul até Tóquio. Cães realizando feitos impossíveis de explicar por meros meios naturais. Apenas *shih-tzus*, e nem todos. Aliás, uma minoria deles. Estimativas apontavam que cerca de 15 a 18% dos *shih-tzus* seriam capazes de ações sobrenaturais. Antes do final do ano, *shih-tzus* sobrenaturais já agiam nas capitais europeias. De lá para a África, e então para a Ásia. Um detalhe curioso: em países com mais de uma capital, como a África

---

2 *Um dos bairros históricos do centro da cidade de Curaçao.*

do Sul,[3] simplesmente não há *shih-tzus* com poderes. Apenas o natural apelo de sua fofura irresistível, é claro. No Brasil, o nome pelo qual ficaram popularmente conhecidos foi sobrenatu-shih-tzus.

Houve um esforço global coletivo para tentar entender como isso era possível. Não se tinha notícia de outros animais com poderes sobrenaturais. Embora bichos sejam capazes de toda sorte de proeza, não estamos falando de gatos saltarem de grandes alturas, baleias migrarem sazonalmente, aranhas tecerem teias incrivelmente fortes ou tartarugas marinhas voltarem à praia em que nasceram. Nem estamos falando de grandes feitos caninos, como a inteligência de *border collies* ou a força de *mastins*. Estamos falando

---

3 *A África do Sul tem três capitais oficiais; cada cidade é a sede de um poder político: Cidade do Cabo (Legislativo), Bloemfontein (Judiciário) e Pretória (Executivo).*

de portas serem destrancadas, de pelagem diminuir e crescer da noite para o dia, de salvamentos e proezas que são - bem, ninguém sabe dizer de outro jeito - sobrenaturais.

Veterinários, biólogos, sociedades protetoras de animais, kennel clubes e todo tipo de entusiasta de animais se envolveram na investigação do fenômeno. Como seria possível que cães fizessem tais coisas?

Toda sorte de hipótese foi imaginada. Desde seres alienígenas se passando por cães até discussões sobre evolução, bioengenharia genética, experimentos nazistas, alucinações coletivas e até mesmo a hipótese de que tais cães poderiam ser viajantes do futuro. Nada conclusivo.

Naquele Natal, Ana Júlia e Juliana ganharam seu sobrenatu-shih-tzu. O nome escolhido, após muita discussão, foi Lambida. Mesmo com a boca fechada, um pedacinho bem rosa de língua ficava sempre de fora, escapando por entre os dentes.

Lambida chegou tímido e triunfante como uma bola peluda de fofura e deslumbramento. Com seu focinho curto e geladinho, cheirava e abocanhava tudo com dentinhos que pareciam agulhas; tornou-se companhia inseparável das meninas. Seus dons sobrenaturais não demoraram a se mostrar. Foi uma alegria e um alívio para os pais notar que Lambida era de fato um *soblenatuxisto*. Seria amado de qualquer forma, é claro, mas todos ansiavam por um desses. Lambida ia das camas das meninas para o quintal e voltava por meio de teleporte. Levava e trazia consigo bolas e insetos. Deixava todo mundo louco quando era hora de ir ao veterinário para vacinar. Precisaram bolar um esquema de distração com petiscos para que fosse possível vacinar rapidamente. Mesmo assim, certa vez ele sumiu do consultório levando consigo seringa e tudo, sendo achado tranquilo no carro, ainda espetado e nada feliz com isso. Esse pequeno ser peludo encheu aquela casa que andava tão tristonha.

Depois de uma década da descoberta da existência dos sobrenatu-shih-tzus, as pessoas se acostumaram com a ideia, a vida seguiu, e o mistério ficou. O fato simples e verídico é que ninguém nunca descobriu como eles faziam isso. Não havia nem mesmo consenso acerca de somente alguns *shih-tzus* terem poderes sobrenaturais ou se era algo que todos tinham e alguns decidiam não usar — por razões que apenas o coração de um *Shih-tzu* é capaz de entender. Afinal, se você tivesse poderes especiais, provavelmente iria utilizá-los a torto e a direito, não?

Alguns fatos precisam ser esclarecidos, pois ainda hoje há muita confusão acerca dessas criaturas deslumbrantes. Para começar, não tem como saber só de olhar se um *Shih-tzu* é ou não sobrenatural. Não há teste de sangue, ultrassom ou o que for que identifique se tratar de um cão com poderes. Apenas quando um poder se manifesta é que se percebe que se trata de um deles. Por vezes um casal de sobrenatu-shih-tzus gera filhotes sem poderes. Ou um casal sem poderes gera um que tem. Não parecia haver um padrão discernível.

Outro fato precisa ficar claro a respeito deles: continuam sendo cachorros comuns em todos os outros aspectos. Não aparentam ter inteligência superior. Fazem as coisas que os cachorros fazem. São bichinhos espertos, mas ninguém nunca ficou chocado com a inteligência de um *Shih-tzu*. Os poderes não permitiram que desenvolvessem matemática avançada ou nada assim. Apenas permitem que eles satisfaçam seus anseios caninos se livrando de obstáculos como tempo, espaço e trancas. É claro, todos têm o temperamento tranquilo e amável, que é o padrão da raça. Surgiram histórias de alguns deles usando seus poderes para o mal. Mito. No máximo ocorreram alguns mal-entendidos entre humanos e cães. Os sobrenatu-shih-tzus são benevolentes.

Criminosos tentaram, é claro, utilizar os sobrenatu-shih-tzus para o mal. Afinal, se você conseguisse treinar um cão desses a se teleportar para dentro de uma joalheria e sair com um colar de brilhantes, você poderia cometer o crime perfeito. Mas, curiosamente, os sobrenatu-shih-tzus não utilizam seus poderes para os truques que seus donos desejavam. Ninguém nunca conseguiu fazer isso. Aliás, estranhamente, eles nem mesmo utilizavam seus dons em todas as vezes que queriam algo. Eles continuam, por exemplo, chorando e pedindo comida para o dono, mesmo sendo plenamente capazes de abrir o pote de ração sobrenaturalmente.

De qualquer forma, o mundo já estava acostumado à ideia. Não que entendêssemos melhor o que se passava, mas é dessas coisas impressionantes da vida que se tornam corriqueiras. Ou será que alguém fica boquiaberto com a escada rolante do shopping, o zíper ou o controle remoto?

Nos primeiros anos após o surgimento desses cães maravilhosos, rumores começaram em toda parte do mundo acerca de outros animais com poderes. Em Kuala Lumpur, alguns periquitos pareciam ser capazes de proezas similares. Em Varsóvia, foram gatos que surpreendiam as pessoas com feitos épicos, mas depois foi ficando claro que não era nada além das coisas surpreendentes que gatos fazem mesmo, o pessoal é que não estava acostumado. Em Dublin, um gambá parecia ter se teleportado para dentro de uma igreja, mas depois ficou claro que era apenas outro gambá muito parecido.

Lambida estava com 6 aninhos. Ainda com algo do vigor da juventude canina. Ana Júlia, já adolescente, chegou em casa com Julianinha, então com 9 anos. Elas vinham juntas da escola, para enorme irritação da mais velha. O Lambida estava, como sempre, incansavelmente à porta. Será que em sua mente canina receber os seus à porta é a maior demonstração de amor? Latiu uma vez quando elas chegaram. Latido rouco e grosso. As suas abanadinhas de rabo não surtiam mais o mesmo efeito, mas Lambida continuava tentando. Ana Júlia estava respondendo mensagens no celular e nem notou o rabo balançando. Passou direto. Lambida se teleportou para a frente dela. Ela, de novo, nem notou. Ele tentou mais duas reaparições, uma no encosto do sofá e outra na porta do banheiro. Ana Júlia passou por cima dele, entrou e se trancou. Juliana o pegou no colo, indignada.

"Não liga para ela não, Lambi. Só quer saber desses meninos chatos. Eu te amo e sempre vou te dar atenção. A Ana Júlia é uma ingrata. Sei que você ama muito ela, mas ela não merece seu amor."

Lambida já não tinha o mesmo ânimo de seus anos de filhote. Já tinha perdido alguns dentinhos por conta de tártaro, de forma que a língua rosada escapulia ainda mais. Lambida seguia insistindo numa brincadeira que fazia quando filhote com as meninas: subia no sofá e ficava brincando de morder e segurar o cabelo das meninas, e elas rindo adoidado. Como ele tinha poderes, era fácil aparecer inesperadamente mascando e babando sobre uma mecha de cabelo. Ninguém sabia a origem do nome, mas chamavam isso de "brincar de marmota". Fora por um bom tempo a brincadeira favorita de Lambida com Ana Júlia. Porém, desde o início de sua adolescência, ela não quis mais. Lambida não entendia por que suas aparições para morder cabelo vinham sendo tratadas com rispidez e bronca em vez das tradicionais gargalhadas. A irmã mais nova não estava gostando nada daquela indiferença para com seu amigão. Lambida era seu mais fiel companheiro. O único ser com quem ela conversava acerca da ausência do Júlio César. Ela não se lembrava de fato do irmão, mas tinha fotos e vídeos aos quais assistia repetidamente no abrigo de seu quarto. Ela não permitiria que o Lambida fosse maltratado.

"Ana, o Lambida está magoado contigo. Pede desculpa."

"Para de besteira. Cachorro não fica magoado."

“Claro que fica! Ele ama tanto a gente, que fica magoado, sim, mas passa.”

“Ele é só um cachorro. A gente cuida dele e tal, mas não precisa ficar dando tanta atenção assim. Ele existe para agradar a gente quando a gente quiser, e não o contrário. Eu tenho mais o que fazer do que dar atenção para esse cachorro estúpido. Ele bem que podia ter um poder útil e fazer o Marcelo responder minhas mensagens. Fica aí com essa cara de bobo e essa língua para fora.”

Juliana saiu de perto indignada e chorando. Gritou de longe:

“Sua ingrata! O Lambi é o melhor amigo que você já teve! Quando você voltava para casa triste que os meninos estavam rindo do seu nariz e te chamando de tucano, ele sempre teleportava para a despensa e voltava com chocolate para você. Era tão fofo, que a mamãe nem dava bronca. Ele é que é seu amigo, e não esses meninos ridículos que só fingem que gostam de você."

Juliana falou um pouco mais e logo desistiu. A irmã parecia nunca ouvir.

Ana Júlia estava dentro do banheiro chorando e vendo no celular mais uma mensagem desprezada. Lambida estava quietinho no canto, olhando a conversa. Entrou na despensa e subiu na última prateleira, onde alcançou um Diamante Negro.

Sobrenatu-shih-tzus foram se tornando mais raros com o passar do tempo. A era dourada deles durou cerca de 15 anos. Do mesmo jeito que subitamente o fenômeno surgiu, ele arrefeceu e diminuiu. Mesmo os animais que haviam manifestado poderes gradualmente diminuíram a frequência dessas manifestações. Chegou um ponto em que não nasceu mais nenhum com poderes. Ou ao menos os poderes se mantiveram latentes. Sem contar o poder da fofura, é claro.

LAMBIDA

O fato é que o fenômeno passou no mundo todo. Inevitavelmente, vigaristas continuaram tentando iludir compradores acerca de seus filhotes terem poderes. Porém, aos poucos foi ficando evidente que o fenômeno dos *shih-tzus* com poderes cessara. Isso levou muitos a sugerirem que não havia de fato acontecido. Surgiram explicações científicas tentando achar razões naturais para algo que todo mundo sabia que tinha ido além do que a experiência ordinária mostra. Desde teses sobre alucinações coletivas a teorias da conspiração envolvendo grandes corporações e a China foram ventiladas. O fato simples é que, por um tempo, alguns *shih-tzus* tiveram capacidades além do natural. Eles faziam o que nenhum outro ser era capaz de fazer. Seja qual for a causa disso, o fenômeno cessou. Já havia três anos que nenhuma ação sobrenatural canina era registrada no globo.

~

O pai estava na rede da varanda com a Juliana. Adoravam ficar juntos papeando e contando histórias na rede desde que ela era pequena. Agora, com ela já no final da adolescência, não perderam o hábito. Lambida já era então um cãozinho idoso. Conversavam sobre o fato de os poderes dos *shih-tzus* terem parado.

"Pai, fala para mim. De onde você acha que surgiu isso? Todo mundo sabe que acontecia mesmo. Mas parou. O Lambida mesmo, já não faz nada de mágico há uns três anos. Desde aquele dia que ele comeu toda a linguiça de frango."

"Filha, eu sei que as pessoas acham meio bobo explicar as coisas dizendo que foi algo que Deus fez. Mas talvez aceitar seja só humildade, e não tolice. Tem coisas que a gente não sabe. É só nossa arrogância que faz a gente achar que precisa entender e explicar tudo. Tem coisas que a gente só aceita que nem um presente, fica feliz e agradece. Não sei, quem sabe, se existe mesmo um lugar melhor na próxima vida, e então, de alguma forma, ele comece a invadir este. Vazar para dentro daqui."

Julianinha levou o Lambida para a rede com eles. Ela estava refletindo sobre a ideia de outro mundo vazar para dentro deste. Começou a roer as unhas e disse entre dentes:

"Que nem o registro do meu banheiro que não para de sair água? Aliás, a mamãe estava reclamando de novo que você ainda não viu isso."

"É... acho que sim. Mas no caso do banheiro é um vazamento ruim. Olha, já sei. Lembra de quando vocês brincavam de marmota com o Lambida? Como seu cabelo ficava todo molhado de baba e você nem ligava? Molhava, que nem o registro faz, mas o prazer da brincadeira era tal, que nem importava. Não sei, talvez seja um jeito de Deus lembrar a gente de que este mundo é temporário, e algo melhor já está vazando aqui para dentro. A gente foca tanto nisso aqui que se esquece de que vai passar. E assim seria meio que natural que coisas não naturais acontecessem de vez em quando. Como se o encarregado disso tudo estivesse nos dando pistas. E é normal que a gente fique molhado no processo, mas de um jeito que encharca mesmo é o coração."

"Mas por que usar *shih-tzus*?"

"Ora, filha. Por que não? Qualquer coisa que ele usasse a gente ia fazer a mesma pergunta. Aliás, eu estava pensando que, na forma como a gente cuida dos cachorros, a gente mostra algo de como Deus cuida da gente. A gente alimenta, protege, leva ao veterinário. A gente provê diversão, exercício e cuidado. E o bichinho gosta, mas nem entende direito tudo o que está envolvido nisso. Eu sei que Deus ama os animais que ele fez. E se Deus resolveu dar poderes para um de seus bichos, o que a gente pode fazer? Acho que Deus quer que a gente cuide bem das coisas que ele nos deu."

Juliana olhou para o Lambida, que dormia sossegado naquela hora dourada, final de dia. Largado de barriga para cima e roncando. Nem imaginava que poderia lhe faltar comida. Ela foi e encheu o pratinho. Ela cuidava dele enquanto ele dormia. Olhou para o pai, que estava subitamente de olhos marejados.

"O que foi, pai?"

"Ah, querida. Tem dias em que me lembro com mais dor do seu irmão. Você adorava ele. A saudade está aí todo dia. Algumas vezes dói que nem uma leve dor muscular, só que de vez em quando é que nem dor aguda no dente. Dificulta até para respirar.

Pensar em como seria bom ele estar no casamento da Ana Júlia é como sentir toda a arcada dentária gritando em agonia. Não preocupa... vem cá e faz um carinho no pai."

Ao mesmo tempo, outra conversa se dava num café da cidade. A mãe e a filha mais velha, Ana Júlia, falavam sobre os preparativos finais para o casamento dela. Cada uma com sua bomba de chocolate e chá. O papo retornou a um ponto sensível:

"Mãe, eu estou chateada ainda com o pai. Ele podia ter feito um esforço para ajudar a gente a ter um belo jantar na recepção do casamento. Eu sei que é caro, mas é uma vez na vida. O pai às vezes parece que se importa mais com dinheiro do que comigo."

A mãe ponderou:

"Sabe quando seu pai comprou aquela bolsa para você no seu aniversário de 15 anos? Acho que você nunca entendeu o tamanho do sacrifício que foi para o seu pai. Ele passou o ano inteiro pagando as prestações e nunca falou nisso. Você amou a bolsa nos primeiros dois meses, e logo já estava toda insatisfeita dizendo que não tinha nada para usar. Você nem pegava mais a bolsa, e seu pai ainda pagava prestação. Você é que não entende os sacrifícios que ele já fez por você, filha. Aliás, agora tendo sua própria casa, você vai precisar entender melhor isso."

Ana Júlia sabia bem que estava acostumada a uma vida boa e de certa forma além das possibilidades dos pais. Estava se casando com um rapaz de futuro promissor, e mal via a hora de crescerem financeiramente a ponto de poder parar de pensar em limites de orçamento e começar a gastar sem peso na consciência. Tinha algo que a preocupava, entretanto: o estado de saúde do Lambida. Ela amava seu velho cãozinho, é claro, mas não queria que as coisas se complicassem bem nos dias mais importantes de sua vida. Ficava um pouco envergonhada desse egoísmo que ela disfarçava de preocupação amável.

"Mãe, mudando de assunto... e o Lambida? Você acha que ele aguenta até o casamento? Ele está cada vez mais fraquinho."

"Não sei, filha. E me alegra ver que você está de novo interessada nele. O Lambida foi um presente de Deus para nós. Creio que Deus quer que a gente cuide bem dele. Seu pai também é louco por ele - aliás, seu pai passou um bom tempo pagando a prestação do filhote. Você e sua irmã insistiram muito que queriam desse tipo de *Shih-tzu* com poderes. E seu pai nunca foi tão feliz com qualquer outra coisa que tenha comprado para nós. Ele sempre diz que o Lambida foi o que Deus usou para amolecer o coração dele depois do endurecimento por conta da situação com seu irmão."

Na antevéspera do casamento de Ana Júlia, Lambida foi internado. Ele já estava bem velhinho mesmo. Sobrenatu-shih-tzus não tinham expectativa de vida diferente dos *shih-tzus* comuns. Já estava com 15 anos e o declínio estava acelerando. Todo mundo focado no casamento. O pai ficou responsável por ir com Lambida ao veterinário e ver se havia algo que pudesse ser feito. Não havia, não. Só cuidados paliativos mesmo.

O pai foi conversar com a filha mais nova sobre o que estava para acontecer. Era o próprio final de semana do casamento. O *timing* parecia ser o pior possível.

"Juzinha, o Lambida não aguenta mais. Está difícil para ele respirar. O veterinário vai dar um remedinho para ele dormir e não acordar mais."

"Está bom. Mas pai... o que vai acontecer com ele? Ele vai para o céu?"

O pai respondeu sem titubear.

"Acho que sim, filha. Nada das coisas ruins que acontecem no mundo foi culpa deles."

"Dos *shih-tzus*?"

"Nem dos *shih-tzus*, nem dos Dálmatas, nem dos gatinhos, nem dos bichos bravos que nem jacaré ou onça. A culpa dessas coisas feias que acontecem é da gente mesmo. Por que o Lambida não iria para o céu?"

"Mas, pai... o céu não é só para pessoas?"

"Olha, quando Deus criou o mundo, ele fez todas as coisas boas. Será que ele vai deixar tudo se perder por causa da gente? Seria triste, não seria? A gente chegar no céu e lá perceber que não vai mais ter bichinhos, por causa do pecado. Ele encheu o mundo de animais. Se bicho é das melhores coisas do mundo, e o próximo mundo vai ser melhor do que este, eu acho que faz todo sentido. Deus sabe o que está fazendo."

"Você acha então que o Lambida vai morar no céu?"

"Olha, eu não acho, não. Eu tenho é certeza." Disse o pai, com um sorriso de quem sabe que o mundo vai ter solução.

Ela refletiu mais sobre o tal remedinho que faria o Lambida dormir.

"Então, pai, com tudo isso que você falou, o certo não é dizer que ele vai dormir para não acordar mais. É dormir para acordar para sempre, mas no céu."

O veterinário falou que tentaria ainda uma última ação, mas alertou para que eles não tivessem muita esperança. Lambida ficou no hospital veterinário e todos foram se arrumar para o casamento. Ele gemia baixinho.

Saíram para a cerimônia. Todos alegres e tristes. A noiva entrou. Canções de *Aladdin* e de *O último dos moicanos*, além de um ou dois clássicos do rock foram usadas nas entradas. O pastor começou a falar, a partir do livro de Eclesiastes. Falou sobre a vida em seu sabor agridoce; sobre como nas coisas boas a gente sempre tem um pouco de amargor, e nas coisas amargas a gente ainda pode experimentar algo da doçura do que Deus fez. Ele mal tinha começado a pregar quando, para surpresa geral, Lambida apareceu ali juntinho do pastor, de frente para Ana Júlia. Deitadinho, olhando para os noivos. Não latiu, não fez nenhum barulho. Só ficou quietinho. O pastor interrompeu a fala para fazer um carinho. Todos se derreteram. Lambida ficou ali até a troca de alianças, quando foi para o colo de Ana Júlia. Ao final, antes que alguém o pegasse, ele sumiu de novo, voltando para o hospital veterinário. Não se tinha notícias de um teleporte tão longínquo em todo o mundo. Foram ao menos 15 quilômetros.

Após a cerimônia, Ana Júlia convenceu o noivo a passarem junto com a família no veterinário antes de irem para o hotel. Chegaram, e Lambida estava bem fraquinho. O veterinário estava aturdido com o teleporte. Essas coisas não aconteciam mais. O pai assumiu a liderança e disse:

"Filhas, acho que vimos algo muito especial nesta noite. Algo que vai além do que os *soblenatuxistos* fazem. Você se lembra, Juliana, de que você falava assim quando era criancinha? *Soblenatuxisto*. Nunca esqueci. Ele precisa descansar agora, meninas. Vamos deixá-lo ir sentindo nosso carinho em seu pelo?"

No final das contas, Lambida era um mero bichinho, como milhões de outros que povoaram a Terra. Na sua simplicidade, vivia na dependência de um amor sobrenatural. Não o de Ana Júlia

LAMBIDA

ou de Juliana, por mais que elas o amassem. Elas falhavam e não faziam como deveriam. Mas através delas, e não somente delas, chegava em Lambida um amor de fora do mundo. Com prévias de uma existência sem medo nos campos e parquinhos do Senhor. Ele meramente mostrava em suas magiquinhas um tiquinho desse poder que recebera e nem era capaz de entender bem. Aliás, não é assim também com humanos e suas capacidades?

Lambida cheirou e lambeu as mãos de seus donos, que faziam carinho nele. E suas lambidas foram ficando mais sôfregas e menos vigorosas. Seus olhos sombreados de catarata ainda se animavam quando farejava uma das meninas. Era hora de cessar de maravilhar o pequeno pedaço que lhe coube na terra de sombras e melancolia que é este mundo. Suspirou e a pontinha da língua ficou, como sempre, de fora, lentamente perdendo a cor.

Em outro lugar, em um campo mais verde do que os verdes da Terra, Lambida acordou. Um latido rouco e sem tristeza se ouviu naquele mundo inquebrável. Seus olhos não estavam mais embaçados pela catarata. Sua pata traseira esquerda, que sofria com a patela frouxinha, estava firme. Seu corpo roliço parecia mais ágil do que jamais fora. Levantou-se e andou um pouco, cheirando um girassol. O aroma era mais distinto e puro do que os girassóis que ele estava acostumado a cheirar. Esse parecia mais real do que os que ele tinha visto antes. Andou um pouco e chegou junto a uma pequena casa. Lambida percebeu que era capaz de atravessar portas fechadas sem dificuldades, como fizera dantes. Entrou e saiu de volta para o jardim.

Veio chegando diante dele um rapaz. Ele se abaixou e ofereceu a palma da mão para o cãozinho farejar.

"Oi. Quem é você? Meu nome é Júlio. Me pediram para vir aqui receber alguém. Achei que fosse uma pessoa."

Lambida cheirou o rapaz. Rabo abanando. Chegara enfim o dia de Júlio César conhecer as lambidas que tanto alegraram suas irmãs. Naquele dia novo, Lambida é quem foi recebido à porta.

AGRADECIMENTOS

Agradeço aos muitos apoiadores que tive ao longo do projeto. Agradeço aos leitores que sempre me encorajaram e desafiaram.

Agradeço a toda a equipe da Pilgrim e da Thomas Nelson Brasil: Leo Santiago, Samuel Coto, Guilherme Cordeiro, Guilherme Lorenzetti, Tércio Garofalo e muitos mais. À Ana Paula Nunes, que me deu a ideia de lançar um ano de histórias. Ao Anderson Junqueira pelo belíssimo projeto gráfico. À Ana Miriã Nunes pelas capas e ilustrações maravilhosas. Ao Leonardo Galdino, à Eliana e à Sara pelas revisões. À Anelise e Débora que por seu constante apoio fazem tudo ser mais fácil.

Aos presbíteros e pastores da Igreja Presbiteriana Semear, por me apoiarem neste projeto.

Sempre há mais gente a agradecer do que a mente se lembra. Sempre um exercício prazeroso bem como doloroso.

Agradeço a meus *shih-tzus* pelo amor excepcional que essas criaturas mostram para com alguém que é imagem de Deus. Agradeço aos que cuidam bem desses bichinhos (Pv 12.10). Agradeço aos que se dedicam a resgatar, criar, proteger e amar todas as pequenas criaturas de Deus, as quais têm a nós como imagem Dele.

SOBRE O AUTOR

EMILIO GAROFALO NETO é pastor da Igreja Presbiteriana Semear, em Brasília (DF), e autor de *Isto é filtro solar: Eclesiastes e a vida debaixo do Sol* (Monergismo), *Redenção nos campos do Senhor: as boas-novas em Rute* (Monergismo), *Ester na casa da Pérsia: e a vida cristã no exílio secular* (Fiel), *Futebol é bom para o cristão: vestindo a camisa em honra a Deus* (Monergismo), além de numerosos artigos na área de teologia.

Emilio também é professor do Seminário Presbiteriano de Brasília e professor visitante em diversas instituições. Ele completou seu PhD no Reformed Theological Seminary, em Jackson (EUA), e também é mestre em teologia pelo Greenville Presbyterian Theological Seminary e graduado em Comunicação Social/Jornalismo pela Universidade de Brasília.

Emilio é dono de dois *shih tzus*, Sunny e Princesa Anna de Arendelle. A Sapeca, *shih tzu* que inspirou o Lambida, corre hoje em campos mais verdes.

Que tal ouvir
enquanto lê?
Separamos uma playlist que tem tudo
a ver com a série Um ano de histórias.

Revisão
Leonardo Galdino
Eliana Moura Mattos
Sara Faustino Moura

Edição
Guilherme Lorenzetti
Guilherme Cordeiro Pires

Capa e ilustrações
Ana Miriã Nunes

Diagramação e projeto gráfico
Anderson Junqueira

Dados Internacionais de Catalogação na Publicação (CIP)

G223q Garofalo Neto, Emilio
1.ed. Soblenatuxisto / Emilio Garofalo Neto.
– 1.ed. – Rio de Janeiro: Thomas Nelson Brasil;
The Pilgrim: São Paulo, 2021.
64 p.; il.; 11 x 15 cm.

ISBN : 978-65-5689-423-2

1. Cristianismo. 2. Contos brasileiros.
3. Ficção brasileira. 4. Teologia cristã. 5. Vida cristã.
10-2021/92 CDD B869.3

Índice para catálogo sistemático:
Ficção cristã : Literatura brasileira B869.3
Bibliotecária responsável: Aline Graziele Benitez CRB-1/3129

Este livro foi impresso pela Ipsis, em 2021, para a HarperCollins Brasil. O papel do miolo é pólen bold 90g/m², e o da capa é cartão 250g/m²